푸른사상
시선

63

나는 소금쟁이다

조 계 숙 시집

푸른사상
PRUNSASANG

푸른사상 시선 63

나는 소금쟁이다

인쇄 · 2016년 3월 12일 | 발행 · 2016년 3월 17일

지은이 · 조계숙
펴낸이 · 한봉숙
펴낸곳 · 푸른사상사
주간 · 맹문재 | 편집 · 지순이 | 교정 · 김수란

등록 · 1999년 7월 8일 제2-2876호
주소 · 서울시 중구 충무로 29(초동) 아시아미디어타워 502호
대표전화 · 02) 2268-8706(7) | 팩시밀리 · 02) 2268-8708
이메일 · prun21c@hanmail.net / prunsasang@naver.com
홈페이지 · http://www.prun21c.com

ISBN 979-11-308-0615-0 04810
ISBN 978-89-5640-765-4 04810 (세트)

값 8,000원

나는 소금쟁이다

설편(雪片)이 오래 나부끼다 이곳에 내려앉았다

세설(細雪)도 쌓이고 쌓이니 세상이 무거워진다

2016년 조계숙

| 차례 |

제2부

| 차례 |

제4부

제1부

분실물 보관소

컴퓨터 전원을 끄면 모니터에 갇힌 수족관이 어둠 너머의 밤바다로 사라져가네. 빛물결에 난반사하던 산호 군락과 열대어들이 스틸 화면에 박제된 채 광속도로 미끄러지네. 원시 동굴 같은 블랙홀이 열리네. 그곳은 거대한 분실물 보관소 입구라네.

나의 휴지통은 아직 비우기가 실행되지 않았네. 전쟁터에서 송환되지 못한 사람들, 공소시효가 지난 살인의 추억들, 자기 무덤을 봉인하지 못한 유령들이, 그곳에서 킬킬거리며 역사책을 읽거나 다시 쓰네.

아무도 지상으로 귀환하지 않는 날들이 계속되네. 지난 세기에 잃어버린 것이 너무 많아! 수면 밑 물풀 아래서 해독을 기다려온 암각화는 오래된 미래를 감추어놓았네. 그런데…… 지상으로 가는 통로는 몇 번 게이트라고요?

네버엔딩 스토리

1. 새들에게서, 해피엔딩

말랑한 진흙과 지푸라기는 어디에도 없어, 어미 새들은 어제도 공사장에서 전선 몇 줄과 가는 철사 몇 가닥을 물고 갔네. 전선 아래 늘어선 가로등 불빛은 생각보다 따뜻하지 않았나 보네. 고압 전류 위에 얹힌 삶은 따끈함과 거리를 두었나 보네. 쇠둥지에서 태어난 새끼들은 늘 차가운 생각으로 머리가 가득 차 있었나 보네. 그래서 새들은 어느 시인의 말처럼 애국가가 끝나기 전에 세상을 떴나 보네. 해피엔딩인가.

2. 새들에게로, 네버엔딩

사람들이 새가 되었네. 오늘처럼 부도난 삶은 백 년 동안 반복되었네. 새들은 세상을 떴다는데 장삼이사들은 숨 쉴 때마다 폐 안에 돌덩이 쌓여 비상을 꿈꿀 수 없네. 이제 극장에선 애국가가 울리지 않으니 주저앉을 자리도 갖지 못하네. 새들에게서 상속받은 쇠둥지로 이사를 가야 하네. "비둘기처럼 다정한 사람들이라면 장미꽃 넝쿨 우거진 그런 집을 지어 요."라는 노래는 옛사람의 문장일 뿐이라네. 백 년 동안 새가 된 사람들을 위해서 나는 새 이야기를 써야 한다네. 네버엔 딩 스토리.

사막에서 사막으로

1. 매트릭스에서

이봐! 안전벨트를 잘 매라고! 흰 토끼를 따라 네오*와 함께 곧 사막으로 떠날 테니, 진짜 같은 꿈, 꿈같은 이미지 속으로. 이봐! 그곳에선 숫자로 된 체세포가 분열을 일으켜 내가 태어나고, 나는 또 다른 내가 되고, 네가 되고 또 다른 네가 된다네. 그곳에선 수직으로 일어선 빛줄기가 폭포수 되어 너를 때릴 텐데, 그 폭포수를 피할 암호를 잊었다면 저항군에 가담하게. 인간의 얼굴을 한 스미스 요원과 싸워야 할 테니. 그러니 이봐! 안전벨트 잘 매고 있겠지?

2. 지하철역으로

이제 길고 긴 터널을 더듬어 곧 사막으로 떠날 테니, 어둠을 끌고 가는 길, 길을 지우는 어둠 속으로 서걱서걱 바퀴를 끌며 갈 테니. 이곳에선 모눈종이처럼 정확히 측량된 궤도 위에서 한 칸 한 칸 몸을 부비며 눈을 부비며, 지상의 삶을 잃어버린 내 안의 나와 싸워야 할 테니, 내 안의 너와 싸워야 할 테니. 달팽이처럼 몸을 구부리고 앉은 사람은, 신문 속에서 문자로만 존재하는 세상에 코를 박은 지 오래라네. 그러니 이봐! 손잡이를 꽉 잡으라고! 일회용 스포츠신문 속으로 굴러떨어질지 모르니.

*영화 〈매트릭스〉의 주인공

섬에서 섬으로

1. 로빈 아일랜드에서

아프리카 남단의 작은 섬 로빈 아일랜드*. 섬 안에도 감옥이 있고 섬 밖에도 감옥이 있는 곳이니, 세렝게티에서 막 탈출한 검은 표범의 걸음으로 걸으면 그 섬에 언제 이를까. 감옥 안에도 감옥이 있고 감옥 밖에도 감옥이 있는 곳이니, 나의 몸 안을 휘도는 검은 바람의 속도로 걸으면 그 섬에 언제 이를까. 도착하는 일이 한 걸음 빠르거나 늦으면 경계에서 비껴나가리. 미끄러져 파도 아래 몸을 흔드는 물풀에 엉킬테니 서둘러야 하리.

2. 독도로

겸손하게 수면을 열고 있는 작은 돌섬 독도는, 심해 바닥에 한라산만큼 거대한 몸으로 오래 묵은 붉은 뿌리를 꽝꽝박고 서 있으니, 수만 갈래의 물풀에 수만 년 이어온 꿈을 새겨 몸에 두르고, 바다 끝 마을 입구를 지키는 서낭당 나무가 되었으니. 이곳은 괭이갈매기, 슴새, 바다제비가 굽어보며

날개를 치고, 자리돔, 볼락, 가막배도라치가 부드럽게 파도를 밀어 올리는 해산(海山)이니. 이 도저한 지구의 기원을 어떤 문장으로 기록하리.

*Robben Island. 넬슨 만델라가 18년간 투옥되었던 정치 범수용소이자 섬

웰메이드 드라마

어제의 시린 얼룩을 채 지우지 못한 고양이 한 마리가 빌딩으로 들어가네. 아침 9시 정각의 자동문이 시계 반대 방향으로 축을 돌리네. 회전문이 작은 방을 토해낼 때마다 회백질 뇌의 주름진 밤이 명멸하네. 메가시티. 줌아웃 줌인.

영원히 귀가하지 않는 검은 고양이들과 배회했네. 반려동물에서 유기동물이 되기까지 그리 오래 걸리지 않는 시절, 누군가는 스스로 블랙아웃의 안락사를 선택했다 하고, 누군가는 들꽃에 눈길을 나누려는 순간 로드킬을 당했다 하네. 신 스틸러.

분노의 말들이 역류하네. 누군가를 향해 내밀었던 습관의 주먹은 날카로운 부메랑으로 돌아와 생채기를 내었네. 밤새 들이부었던 알코올은 표본 유리병 속의 액체가 되어 세상을 유폐하네. 과학실의 넘치는 고요 속에 전시되는 바깥세상. 롱테이크.

들고양이의 껍질을 둘러쓴 내가 사무실로 기어드네. 어제의 빌딩 첨탑에서 절망의 활강을 했던 기억을 박제한 채, 마리오네트의 줄에 인생을 저당하고 9시 정각의 거대한 무대로 딱딱한 걸음을 옮기네. 도시 생활 백서. 웰메이드 드라마?

뫼비우스

지하철이 한강 밑으로 진입하던 때였지요. 열차는 수중으로 유선형 바람 물결을 일으키며 휘어져 들어갔어요. 삶은 지상에서 지하로, 다시 지하에서 수중으로 느닷없이 스며들어갔어요. 수족관의 안과 밖이 전도되네요.

빛은 밀도가 다른 물질로 이동하면 휘어진다지요. 지상에서 어렵게 따라온 빛은 졸고 있는 사람의 턱이 만드는 궤도를 따라, 사람들의 시선은 뫼비우스의 띠를 따라 굴절이 되고요. 몸은 물풀처럼 구부러져 둔탁하게 유영합니다. 아가미를 통과하여 입 밖으로 터져 나온 말들은 기포 속에 잠시 머물다 사라집니다.

물속의 몸은 부력을 받아 가벼워진다지요. 가장 사소하면서도 가장 무거웠던 지상의 일들은 과연 내 어깨를 떠나갔을까요. 내 몸을 갯바위 삼아 고집스럽게 동서하던 따개비들도 부력을 받을까요. 사람들이 사는 방식은 쉽게 변하지 않는가 봐요. 이것을 세속의 장엄함이라고 부르면 위안이 될까요.

글쎄요. 물속에 있는데 왜 나는 여전히 목이 마를까요.

　나는 돛대가 보이지 않는 마른 포구에 내립니다. 마포역입니다. 지상의 중력이 익숙하게 다시 몸을 장악하네요. 지하철 안에 아가미를 두고 내린 나는 폐의 회로를 재빨리 그리고 자연스럽게 변환합니다. 마른 꿈들이 바스슥 바스슥 쏟아져 내리는 밤입니다.

파이터의 포즈

뿌리에 든 마지막 수액까지 빨아들이며 아무도 지상으로 귀환하려 하지 않는 날들이 계속되었네. 우리는 광속으로 굴 착한 지하 동굴 속에 만년석을 마련하는 일을 즐거워하였네.

우리는 낭만의 무늬를 가진 레이스로 치장한 집에 살았네. 일찌감치 분양권을 받아 입주한 것을 서로 자랑하였네. 검은 울타리 속에 갇혀 오랫동안 부패한 줄도 모르고 썩은 언어를 내뱉고 있었네.

미래와 오늘은 여지없이 과거로 수렴하네. 잠시 눈 깜박이 면 과거는 금세 몸피를 불리는데, 우리는 거인이 된 적과 동 침하며 지붕 위로 배달되는 아침 신문을 잊고 지내네.

얻어맞아도 멍든 줄 모르고 살아왔고 싸움의 기술은 영화 속에만 존재하네. 무림의 고수를 스크린 밖으로 불러내야 하 네. 거대해진 일상에 대적할 파이터의 포즈부터 취해야 하네.

네모난 꿈

도시는 며칠째 모래 폭풍 속에 점령당했네. 밤늦도록 몽골 초원에서 밀려오고 밀려간 모래 능선이 도시의 지도를 지우고 다시 그리네. 2차원의 종이 지도에서는 싱그런 풀 냄새가 나지 않았네.

지난밤 사내의 머리맡엔 네모난 꿈들이 떨어져 있었네. 모래처럼 부스럭거리고 덜컹거리던 꿈의 바퀴들이 탈선해 있었네. 현실과 환상의 철책을 뚫고 국경을 넘어 지도 밖으로 나온 것이었네.

잿빛 털을 세운 고양이가 빌딩 유리창 밖으로 활강하였네. 넥타이를 고쳐 맨 나도 뒤따라 날아갔네. 꿈을 비워낸 몸은 마른 풀잎이 되어 꿈속으로 훨훨 부서지고 있었네.

개와 늑대의 시간

서울극장 앞 인쇄소 골목의
기름 묻은 낮 시간이
청계천으로 흘러내려간 밤에
거리를 점령한 노점에 앉아
모래시계를 올려놓는다
유리병 속의 사구는
낮을 규칙적으로 삼키고 있는데
나의 목울대를 넘어가지 않고 버티는
불확실한 이물감은 어디에서 오는가

푸른 저녁빛 탓인지
무거워진 술잔을 기울이며
황망했던 낮의 얼굴을 숨길
두터운 어둠이 어서 오기를
아무런 준비 없이 기다린다

낮의 사무실에서 밀려 나온 일상인들은
밤의 지하철로 하나씩 떨어져 내리고

마지막 심야 영화표를 쥔 커플은

SF멜로 영화 속으로 사라지는데

기한을 넘긴 인쇄물에 적힌

불명의 주소처럼

낮의 인생이 술잔 앞으로 반송된다

나는 가지런히 신발을 벗어놓고

모래시계를 뒤집는다

개와 늑대의 시간,

익숙하고 낯설고 두려운

이 거리는 온통

부정할 수 없는 나의 집이다

겨울 거울

바람이 결결이 갈라져
겨울 거리를 내리친다
거리의 간판이 떨어진다
간신히 붙들고 있던 나의
겨울 거울이 부서진다
나뭇가지가 부러져 내린다
우연히 기웃거리다가
박제가 된
새 한 마리가 부서진다

잘 축조되었다고 믿어왔던
성벽의 벽돌 하나가
주문도 없이 빠져나온다
천년 밀실의 음습한 공기가
선고도 없이 천년의 사슬을 끊고
거리로 풀려 나온다

얼어붙은 문명이 소실된다

셀 수 없이 찍힌

미확인의 지문이

한꺼번에 지워진다

겨울 거울의 날카로운 조각들을

손안에 받아든다

가슴속으로 깊이

쩌릿하게 길이 갈라진다

오체투지

여름 숲을 등 위에 가지런히 얹은
자벌레 한 마리가
작디작은 몸으로 길을 떠난다
머리를 곧추세우고 예의를 차린 후
온몸을 모았다 편다

저렇게 작은 자로
이 큰 세상을 언제 다 잴 것인가
더위에 지친 속도로 기어간다면
가을이 되고 겨울이 되어도
바로 앞의 소나무 향기에나 닿을까
하는 우리의 생각을 비웃듯이
수학과 기호로만 존재하는
삼차원의 세상을 비껴가는 듯
더없이 겸손한 자세로
시간과 공간을 접었다 편다

열사(熱沙)를 통과하는 수도승처럼

오체투지의 행선(行禪)을 실천하는

자벌레는

더욱 둥글어진 여름 숲을

통째로 목탁 삼아

타악타악 두드리며 간다

시인의 마을

오동나무 꽃등이
오래된 우물의 깊은 바닥까지
보랏빛 향기를 풀어놓고 있는 저물녘에
남도의 작은 마을에 발이 닿는다

황토 갯벌을 따라
부드럽게 길을 내고 있는
남도의 바다색을 닮은
아늑한 마을에 도달한다

김영랑 생가로 가는 길목에
툇마루 끝에 앉아 나누는
조촐한 저녁 식사 풍경 뒤로
영랑 슈퍼
영랑 세탁소
영랑 여인숙 간판이 눈에 들어온다

옛 시인은 이렇게

슈퍼로 세탁소로 여인숙으로 살아가고 있구나
'돌담에 속삭이는 햇발' 같은 온기를 품고
마을의 소소한 일상으로 살아가고 있구나
'찬란한 슬픔의 봄'이 무겁고 무거워서
시의 통꽃을 뚝 뚝 떨구었던 기억을 딛고
생활의 꽃으로 가뿐하게 피어
이렇게 연대하여 살아가고 있구나

초인의 마을
— 다산초당기

흐드러진 동백꽃잎이
저녁 안개를 물들이는 시간에
땅끝으로 내려가는 길목에 선다

짓밟힌 땅이란 땅은 다 흘러와 모인 곳
토해진 피란 피는 다 엉겨 붙은 곳
무채색 영혼이 붉게 물드는 이곳에서
발걸음이 더뎌지는 것은 왜인가

황토 갯벌 아래로
깊이 끌려 내려가 유배당한 인생,
피울음으로 저물어갔던 목소리가
여기 초인의 마을에 살아 있었구나

굽이진 황토만을 훑으며
넓은 바다를 향해 활강하는
바닷새들의 비행 곡선을 따라

이 세계에 대한 의문의 부호를 그어본다

땅이 끝나는 곳에서
벼랑에 핀 작고 푸른 풀포기를 잡으며
우리의 인생을 한껏 압축해보는
시간을 문득 만난다

풍요로운 폐허

소금 창고는 잊힌 생각처럼
목을 5도쯤 꺾고
해풍에 헐거워진 외투를 걸치고
일몰의 햇볕을 쪼이고 있다

염전에서 맥박 치던 정오의 노동은
풍문의 파도로 철썩이고
큰 산맥을 이루었던 소금 산들은
풍화와 침식에 무장해제한 채
무더기로 불붙은 붉은 함초에
남은 몸을 보시하고 있다

우리의 아버지와 어머니는
한평생 계산하지 않은 시간 속에서
하얗게 세어진 소금 마음을
몇 척의 배 위에 부렸는지

민물의 인생을 짠물의 몸으로 바꾸느라

한평생 삼투압을 받아낸
함초의 퉁퉁마디 마디에
얼마나 신산한 계절을 염장했는지

아무리 잊으려 해야 잊을 수 없는
배반의 핏빛이 피어나는 함초 밭에
얼마나 많은 환유의 언어를
칭칭 동여맸는지

또 얼마나 많은 눈물을
진화하지 않는 원시의 햇볕에 널어야
이같이 풍요로운 폐허로
오롯이 귀환할 수 있는지

에그타르트

아열대식물의 넓은 잎사귀가
적당히 온화한 바람을
한 결 얹고 서 있는
이국의 아침,
마카오 성당 옆의 카페 안에서
방금 구워진 에그타르트는
바다를 깨우는 잔물결처럼
조용한 향기를 밀어내고 있다

에그타르트 요리는
포르투갈의 한 수도원에서 기원했다는데……
계란 흰자로 수녀복에 풀을 먹이고
남은 노른자의 변신,
종교에 빳빳하게 봉사한 후의
잉여의 달콤함이라니……

에그타르트!
식민지의 작은 카페에서
역사가 불현듯 불편하게

나를 마구 흔들어댄다
일상까지 점령한 영향력,
나와 너의 에그타르트는 무엇인가
무거운 생각이 기우뚱대는 불균형한 순간이다

바삭한 겉살에 담긴 부드러운 속살은
노동으로 굳어진 몸,
식민의 거친 몸으로 빙의한
지배자의 달콤한 유혹일까

에그타르트를 한 입 베어 물자
포르투갈 양식을 뽐내고 있는
성당 건축물 아래서
금귤 화분을 심고 있는
노동자들의 두 손에서
맡아보지 못한 흙 내음이 휘돈다
묵주를 돌리는 수도자의 기도문이
단단하고 향기로운 장미 열매가 되어
바다로 멀리 출렁거린다

제2부

장마

강물 속의 물고기를 낚아채려는
물총새의 속도는 얼마쯤 둔해졌을까

수족관에 갇혀 있는 넙치의 한쪽 눈에는
이 거리가 어떻게 굴절될까

한 달째 비가 내린다

점점 두꺼워지는 수막의 렌즈 뒤에서
모든 것은 한 박자씩 느리게 미끄러져 가는데

이륙을 준비하는 송골매의 칼눈은
비 오는 어둠 속에서도 여전히 빛날까

니는 소금쟁이다

소금쟁이가 되어 물 위를 걷는다
발바닥에 감지되는 물결의 힘이 팽팽하다
비현실의 실루엣처럼
작고 가벼운 몸을 향해
밀려오는 나노 노트의 바람과
내가 먹을 벌레의 향기가 감지되는
행복한 모멘트

물 위로 한 발 내딛으면
자가 분열을 시작한 발가락 밑으로
매끄러운 땅이 일렁이면서
겨울 호수의 얼음 수면 밑에서
쨍하게 인생을 얼렸다 녹였다 했던
딱딱한 기억은 먼 곳으로 미끄러져 간다

중력을 거스르는 당당함이 필요해서
수면 밑의 생활을 딛고 떠오를
텅 빈 부력이 필요해서

'나는 소금쟁이다' 라고 선언한다

출렁이는 땅 위를 걸어봐
북극해를 지나는 고독한 여행자가 되어
쇄빙선 뱃머리의 예각이 되어
두터운 빙하를 깨면서 당당히 나아가봐
물 위를 걸어봐
너도 물 위를 걸어봐

바위

강심에 엎드려 맨등을 내놓고
흘러온 시간 속 삶들을
한 짐 한 짐 올려놓은 무게로
바위는
강물 따라 흐르지 않는다

때로 등을 무심히 타 넘는
낙엽 한 장 한 장에
젖고 찢어진 삶을 조문하는
한숨을 실어 보내며
바위는
물살에 떠밀리는 삶이
되고 싶지 않다

흘러온 시간의 처음과
당도할 시간의 끝에 대한
무성한 소문을 뒤로한 채
바위는
등짐을 진 만큼의
거스르는 기운을 모은다

정박과 출항

허공에 깊이 닻을 올렸던
낯선 정박과
익숙한 출항을 생각한다

일상의 문을 벌컥 열고 들어서는
어제의 마을 풍경처럼
멀게만 보였던 소실점이
터무니없이 가깝게 느껴지는
주관적 감각의 어쩔 수 없는 역전

총총히 하늘을 향한
가로수의 일렁이는 잎들은
저 하얀 공간 너머로
예외 없이 비껴 날아가며
올바르던 시절을 응시하고

시간을 모자이크한 수양버들은
정직하게 수직선을 만드는데
봄이 밀어내는 겨울과
여름에 저항하는 봄이
정박과 출항 사이에서 서성인다

주머니 안의 생선

나목의 고목의
마른 겉껍질처럼 부석대며
걷는 길
오후의 햇살은 그늘을 끌며
나의 하루를 길게 잡아당긴다

밤의 표지판은
출구를 숨겨놓은 미궁처럼
다가갈 수 없는 이국의 언어
아득한 기호가 된다

집으로 가는 길의 주머니 안에서는
하루 종일 팔리지 못해
바다의 빛을 잃은 생선들이
몸을 천천히 꾸물거린다

집으로 가는 내일의 길에는
한낮의 북적임에 빛을 탕진한

밤의 가로등 밑에서
생선들은
총총히 열을 맞춰
몸을 말리고 있을까
육지의 삶에 길들여져
바다로 돌아가는 길을 잊었을까
안락하게 부유하지 않고
거친 해류를 거슬러야 살맛이 나던
심해의 둥지를 기억하고 있을까

집으로 가는 길의 주머니 안에서
푸르던 몸을 바다로 보내고
남아 있는 생선의 뼈들이
나의 손을 쿡 하고 찌른다
목에 가시가 걸린다

아름다운 속도

태고부터 밟아온 면적이
드넓은 광야 이루고
태고부터 휘날린 바람이
결결이 강물결 되도록
단단한 말발굽을 초석 삼아
말은 온 생을 싣고 달린다

빛망울 같은 두 눈에
재빠르게 담아내는 삶의 영상들
시간을 잠시 뒤흔들며
제 몸을 시위 삼는 빛화살들

그늘 한 점 허용 않는 정오의 길
가속의 벼랑 끝에서
스스로 뜨거운 묘비석이 되도록
말은 과녁의 중심을 질주한다

빛나는 갈기를 곧추세우며

자유가 번득이는 광야 위로

역사 첩첩한 바람결 사이로

아름다운 속도가 달린다

좁은 문

또 한 번의 저녁이 오기 전에
또 한 줌의 무게를 덜어내는 노인들이
공원에 모여 게이트볼을 한다

손목에 몸보다 큰 시계를 매달고
저마다 세월의 점수를 매기면서
발원지에서 출발한 바위가
욕망의 계곡을 구르고 구르면서
어떤 돌로 변했는지
발바닥으로 온몸으로
공을 눌러보면서 가늠하면서
좁은 골문를 향해 힘껏 쳐 보낸다

나도 저렇게 좁은 문을 통과해야 한다고요?

어머니가 열어준 문을 빠져나온 후
시간의 덧옷을 겹쳐 입기만 한
몸피를 얼마나 깎아내야

최초의 문 안으로 회귀할 수 있을까요

빗장이 좀처럼 열리지 않는 오늘날

마주 보는 거울 한 쌍처럼

문 속의 문을 무한 생성하는 오늘날

잉부일구

너는
매일 한 번씩 어김없이 태어나는 문명의 해를
부서질 듯 달구어진 가슴속에 갈무리해두었다가
한꺼번에 쏟아낼 때를 기다리는 듯하다

하늘을 우러르던 태양의 시간은
북극성 너머로 날아갔는지
큰 새의 활강법을 잊어버렸는지
더 이상 시간과 계절을 알려주지 않지만
단단한 무쇠 안에서 해묵고 발효한 삶은
태양에 의탁했던 시간을 넘어서
낮 속에도 밤을 걸을 수 있다고
나에게 외치는 듯하다

삶은 기계적인 시간으로 풀어낼 수 없다고
일차방정식이 아니라고
언어와 수학처럼 약속된 기호가 아니라고
위반과 전도와 역행이 난무하며

낮을 삼키는 괴물이 되기도 하지만

그것이 또한

혼돈의 어둠을 통과하는 척도가 된다고

블랙홀

중심의 중력장이 너무나 커서
경계 안으로 들어가면
어느 것도 빠져나올 수 없는
무한한 밀도의 시공간
블랙홀,
주위의 모든 시간과 빛을 흡수한 검은 동네
지상의 정체성을 한없이 줄이고 줄여서
제로 크기가 되어버린 그곳에는
모래알처럼 손가락을 스쳐 빠져나간 삶의 입자와
가슴 한 자락을 설레게 물들였던 시간들이 휘어져
한곳에 엉켜 있을까

인간의 시선 밖으로 탈주한 곳에서
비로소 만날 수 있는 균형질의 공간
신산한 지상의 궤도를 벗어나는
묘법이 적혀 있는 곳
사건의 지평선* 안으로 발끝을 밀어 넣으면
빠져나오지 못할 것만 같은 곳

한평생 속을 탈탈 뒤집어보면서

거기도 여기와 다르지 않아

라는 막다른 골목에서 기꺼이 싸워보고 싶은

그곳, 블랙홀

*사건의 지평선 : 블랙홀의 경계선을 이르는 말

도시의 꿈

도시의 거리는
구겨진 문명의 동굴이다
일시에 달려든 햇빛에
눈이 멀어버린 새의 동공이다
빛과 사물이
어둠 속으로 이주해버린
블랙홀 같은 거리에도
이렇게 순한 눈이 내리는가

거리의 풍경이 잠시 명멸한다

터진 피부 틈으로 덤벼오는
눈발을 휘휘 내저으며
천년 바위에 들러붙은
굴 껍질처럼 경직된 사람들
얼음 바위를 등짐 져다 주고
푼돈을 손에 든 사람들은
미궁처럼 주름진 골목에

어김없이 밤이 찾아올 때
자기의 항성을 찾아 들어가
딱딱해진 몸을 편다

하루어치의 시간을 삼킨
도시의 밤이 무겁게 내려앉을 때
우리들의 꿈엔 온기가 찾아올까

물결치는 손

오래전 예언자가 돌린
별자리의 회전축을 따라
낡고 녹슨 청동빛 밤을 견디고 나면
또 한 개의 여린 덩굴손이 태어난다
아하!
자세히 보니 하나하나가 인간의 손을 닮았다

덩굴손, 너는
처음을 기억하기 힘든 옛날을 뿌리에 담고
흙길을 떠나 암벽 타기를 즐기기 시작했지
완강히 오그린 손끝마다 생장점이 달려 있어
손이 손을 낳는 기이한 여정을 경험했지
위반과 반란으로 엮인 성벽을 타오르며
각자의 갈 길을 짚을 뿐이었는데
어느새 서로가 서로의 손을 맞잡고 있었지

손과 손들이 첨탑 아래 이르렀을 때
중세부터 지루하도록 이어져온

청동의 밤을 견디지 못하는 이의
손끝으로 부서져 내리는 한숨 때문에
격정의 흔들림이 잠시 일었지만
어느덧 둥근 돔 지붕을 타 넘으며
구멍 숭숭 뚫린 시간들을 날려보낼 때
그 아래로 활시위를 든 반란자의
단단히 빛나는 손과 손들을 보았는가
흙빛으로 물결치는 손안의 손들을 보았는가

수직의 시간

수직으로 붙잡힌 시간의 파편이 튄다
피켈과 아이젠으로
빙벽을 딛고 찍으며 오르는
가슴속으로 파편이 파고든다

새 삶을 얻고 절벽을 뛰어내리던 치어 떼
알을 가득 품고 절벽을 오르던 어미 연어 떼
그들이 교차하며 지나간 비릿함이
빙벽에 밀착한 배 앞으로 훅 하고 끼친다

홍수에 우리가 무너져 떠내려온 가축 떼
너절하게 찢어져 나간 우리네 삶의 때
함께 떠돌며 내장되었던 아우성이
이명처럼 휘몰아친다

어제의 삶과 그저께의 삶이
밀랍의 봉인을 뜯고
겹겹의 옷을 벗듯이 부서져 내린다
기어이 속내의 이야기를
아래로 아래로 풀어 내린다

모래시계

몸 부수어 사구 위로 날리고 나면
사막으로 뻗은 너의 열망이 가라앉겠느냐
썰물 되어 갯벌 아래로 멀어지고 나면
바다로 향한 너의 그리움이 다하겠느냐

갯벌 끝에 맞닿은 뜨거운 사막을 향한
너의 둥근 유리 눈에서
눈물이 뚝뚝 떨어져
나에게 알알이 박힌다

수만 번 스스로 몸을 뒤바꿔도
시간의 끝을 알지 못하고
단순한 산술과 적층의 방정식을 익혀도
시간의 처음을 알지 못하는
너의 혼돈이 나에게 감지된다

중력에 처음부터 길들지 않아야 해!
중력에 몸을 빼앗기면
이 가혹한 미궁을 영원히 떠날 수 없어!
병목의 울림과 함께
나는 전도된 길을 떠난다

꽃잎은 수직으로 낙하하지 않는다

꽃이 질 때
꽃잎은 수직으로 낙하하지 않는다
감정이 직하하는 지름길을 피해
허공의 이곳저곳을 기웃거리며
저항하는 공기의 날개 위에서 파닥거린다

꽃나무에서 분주하게 살았던 온기와
아침마다 빛나게 맺혔던 이슬방울의 기억을
아주 조금씩 이승에 부려놓을 시간을 얻기 위해
꽃잎은 수직으로 낙하하지 않는다

꽃잎은 스스로 진한 색깔과 향기를 뽐내지 않았다
적당하게 때로는 약하게 미소를 보내는 정도였다
다음의 계절이 말을 걸 때까지 나에게
먼저 말하는 법도 없었다

어느 날 급기야 꽃잎은
꽃나무에서 떨어지기 시작하면서

몸피를 줄이고 가벼워졌는데

지상의 바위 위에 닿기 전의

마지막 꽃잎의 모습은

마치 작은 병상에 갇힌 생애처럼

애처로운 움직임이 잠시 일렁였으나

꽃나무에 매달리지 않고

스스로 놓은 손을 자랑스러워하는 듯했다

복원

그때,
조팝나무 흰 꽃 잔치가 벌어져 있었지
작은 꽃 뭉치들은 손을 길게 뻗어
시골집의 새로 덮은 지붕 위로 향했지
우리도 수다스런 웃음을 얹었었지

친구야!
시골집을 복원하던 중에
한 세기 동안 풀과 진흙이 엉겨 붙어
몸의 부피를 늘려왔던
열 겹의 벽지를 뜯어냈다고 했지

마지막 벽지를 떼어내자
뒤에서 작은 벽장을 발견했다고 했지
옛날 누군가가 벽장 문을 봉인한 후로
벽장 안은 어둠과 침묵이 주인들을 대신했었겠지

너는

그 방에서 백 년을 살아낸 사람들의 신산한 삶과
그 틈에도 행복했던 삶들이 담겼던 시간의 껍질들을
하나씩 들추어보았으리라

이제,
너는 누군가의 삶을 꼬옥 감싸 안고
잊힐 뻔했던 공간을 다시 일렁이게 하겠지
돌담을 돌아 마당으로 들어선
조팝나무와 망초의 순한 향기로
새봄의 쑥풀 같은 마음으로

제3부

시

시는
신발 뒤축에서 피어나는
고운 입자를 시간으로 반죽하여
발바닥이 밟는 힘에 따라
진흙의 몸을 바꾸는 비밀의 형식
메마르고 딱딱해진 영혼에
습기와 탄력을 주는 흙길

시는
어제 시위를 떠났지만
오늘을 통과하지 못하고
내일로 넘어가는 경계에 서서
과녁의 중심을 투시하는 화살
불연속과 연속이 으깨어져 흘러가는
깊은 혼돈의 강으로 역류하는 내일

묵언 수행

계곡물 속의 돌은
세상을 향해 맑은 창 내어놓고
늘 같은 공간과 시간을 지키고 있다
봄의 꽃잎들이 분분히 날리다가
명징한 수면에 도달하여
해사한 빛을 물들일 때도
동안거를 마치지 않은 듯
묵언 수행하며
그 흔한 감탄사마저 아끼는
저 돌의 삶에 이끌리는 것은 왜일까

내가 사는 마을은
말들이 범람한 지 오래다
말들의 잔치가 끝날 줄을 모르니
때로는 무음(無音)과 적막이 그리워진다
해마다 홍수주의보가 계곡을 흔들어도
늙지도 낡지도 않는 돌의 비밀은 무엇일까
정제된 언어만을 잘 눌러놓았을 듯한

단호하고 단단한 세계

저 돌의 중심……

평심(平心)에 거주하고 싶다

습관의 거리

없는 것 빼고 있을 건 다 있는 시장통에서
책을 좋아하다가 책을 읽다가 책을 팔다가
이제는 팔리지 않는 책을 지키는
헌책방 사내의 졸린 눈에 박혔던
습관의 시선이 밖을 향한다

무규칙의 소음이 가득 찼던 거리
탄식과 헛웃음이 길바닥에 깔리고
습관이 되어버린 게으름이
돌부리에 차이던 거리에
느닷없이 합주단이 등장한다

트럼펫 연주자의 터질 듯한 볼이 멜로디를 토하자
정연한 화음이 거리의 어두운 그늘을 밀어낸다
타악기 연주자의 부드러운 팔목이 만들어내는 리듬은
시계방을 지키는 시계의 태엽 속 먼지를
탁탁 타닥타닥 털어낸다

아이스크림을 작은 손에 들고

따가운 햇살에 녹아내리는 아이스크림과 싸우며
녹는 속도보다 한 치 빠르게 아이스크림을 핥는
어린아이의 부드러운 혓바닥 위로
즐겁고 가벼운 파장이 녹아든다

거울 호수

호수가 얼어붙었다
수면 위에 펼쳐진 무변(無邊)의 세상을
고스란히 비추어 안았던 호수가
두꺼운 문을 닫아걸었다

나가는 문인지 들어가는 문인지
내가 세상에 서 있는 것인지
세상 밖으로 밀려 나온 것인지

날이 흐리고 세상이 가려질 때도
또 하나의 나 보이는 나
또 하나의 세상 보이는 세상을
송두리째 뒤집어 보여주던 호수

물거울을 때리는 빗줄기의 충격에
굴절되고 조각난 본래의 모습을
파문 위로 밀어 올려 보였었지

그런 호수가 얼어붙었다

지난 시간들의 소실점이 되어버린
얼어붙은 문 위에서
대칭축을 상실한 삶터에서

나의 반쪽이 세상에서 지워진다
나는 반쪽의 세상에 남겨진다

오래된 독서

여러 번 접어들었던 길
다시 더듬어 걷는 오래된 길
숲 속의 행간을 따라가는 길 위로
비바람에 침식되고 풍화된
나뭇잎 화석들이 접혔다 펴지고
암석의 모서리가 부스러진다

묵은 서가의 통로를 따라가는 길
아득한 지층에서 석탄 냄새가 풍기고
그 자신이 나무였던 기억조차 희미해진
고목 몇 그루가 누워 있다

느닷없이 밀려든 검은 태풍에 쓰러져
황폐하게 내장을 드러낸 거대한 기둥은
기호를 넘어서는 의미에게
남은 살과 뼈를 덜어주고 있다

여러 겹으로 밑줄 친 길 위에

자리 한 번 바꾸지 않고 놓여 있는

조약돌이 발끝에 차인다

수많은 이야기의 실핏줄이

환히 비치는 그 속으로

마음을 끌어당기는

또 다른 이야기의 혈류가

읽히고 읽힌다

일상의 궤도

눈 뜨고도 눈앞의 어둠을
밀어내지 못하는 우리에게
깜깜 절벽이 되어버린
일상의 궤도 위로
새벽 기차가 지나갔으면
할 때가 있다

기차는
세상의 중심이 보이지 않는
새벽 안개 속에서도
자기가 밀어내는 만큼의
길을 만들어냈다가
밀려간 만큼의 길을
스스로 지울 줄 안다

정해진 시간표에 따라
무심히 지나가지만
습관에 길들여지는 일 없이

자기가 출발해야 할 때를 아는

새벽 기차가

우리를 향해

가차 없이 달려왔으면

할 때가 있다

이홉 번이나

대숲에 들어서자
대나무가 늘어선 대열 사이로
빛이 수직으로 갈라져 떨어지고
어둠을 곧바로 호명한 바람은
배후를 알 수 없는 이야기들을 실어와
검푸른 기둥으로 세워놓는다

대나무 숲 속에 서 있으면
강인한 흔들림을 품은 바람이
마디마디 외마디가 되기도 하고
서로 메기고 받는 노랫가락이 되기도 하고
느닷없이 붉은 파도가 나를 덮치기도 한다

깊게 어두워진 공간이
추론의 시간으로 서성거릴 때
대나무 숲은
채워 넣고 또 넣고
태우고 또 태워도

변하지 않는 대나무 소금이 된다
아홉 번이나 몸을 일구는
재생의 순간을 맞이한다

겨울의 그물

겨울을 통과하지 못한
낡은 배 하나
억새풀 누운 마른 강가에
걸려 있다

강의 고요는
간이역 철로변에 쌓인
침목의 무게만큼 낮게
떠내려가고

멀리서 이끌고 온
녹슨 기억들
철로 위에 내려놓으면
갈퀴진 세월
겨울의 그물에 걸려
닻을 내린다

밤, 길 찾기

능선을 따라 내려온 어둠이
밤길을 걷는 내 눈길을 끊어버린다
세상에 이르는 지도를 지워버린다
늘 저쪽에서 제자리를 지키던
시간과 공간이 캄캄하게 닫힌다
아득해져 발이 굳는다

발끝에 닿는 돌이끼의 습기
팔뚝을 건드리는 관목에서 피어나는 향기는
머리 위 어디쯤에 있을까
새 둥지 속 새끼들의 재재거림
온몸을 스치는 밤의 숨결이
나의 몸 여기저기에 형형한 눈이 되어줄까

막막한 어둠을 눈높이만큼 밀어올려야 할 때다
몸 안의 촉수에 불을 켜야 할 때다

비상의 근육질

기러기는
긴 활주로가 확보되어야 날 수 있다고?
낮은 울타리만 쳐도 이륙하지 못한다고?
그래서 쉽게 사육된다고?

빛줄기가 나무껍질 사이로 젖어드는 시간
수직으로 날아오른 산비둘기 한 마리가
청회색 작은 머리를 까딱거리며
기러기 사육장을 내려다본다

기다란 목으로 밖의 풍경을
천천히 제 쪽으로 끌어당기지만
울타리 뒤에 버티고 선 힘에
이내 피를 보이고 마는 기러기

아득한 하늘 끝으로부터
찬 공기에 날개 씻으며

길고 긴 날숨 풀어놓던 기러기

거문고 현의 숨결이
저편의 별에 도달하도록
안족(雁足)에 놓이는 음의 무게 고르며
준비 없이는 삶터로 나가지 않던 기러기

가속의 계단을 뛰어넘고
비상의 근육질을 가동하는
기러기

떠난 것을 찾아서

나에게서 내가 떠났다면
떠나서 떠난 것을 되찾을 수 있다면
행낭을 꾸려 길을 떠나고 싶다

첫새벽의 안개 낀 도시의 문을 박차고
휘어진 선로를 탈주하듯 달리는 열차의 바퀴가 되어
나를 찾아서 나를 떠나고 싶다

풀잎 끝에 잠시 거처를 두다가
미처 떠오르지 않은 햇발을 감지하며
제 흔적을 지우는 서리의 민첩함이 되어

어미의 둥지 속에서 몸피를 늘리며
세상을 마주할 날짜를 세는
아직은 작고 여린 목숨이 되어

눈 쌓여 허허로운 벌판을 응시하는
촌로의 어두워진 눈에도
정확하게 포착되는 볏단의 숫자가 되어

몸의 뿌리

언제부터인지
묵정밭에 서 있는 잡초 더미가 되어 있었다
가을마다 내 가지에서 떨어진 낙엽만을 거름 삼아
겨우 생명을 유지하였고
독버섯이 내 뿌리에 발을 찌르고
맹렬히 피어나는데도
독버섯의 아름다움에만 취해 있었다

내 안에서 겨우 자랐던 열매는
해마다 묵은 채로 나를 빨아들이는데
황혼녘 잔광에 기대어
내 그림자를 길게 떼내어 손짓을 해보아도
농부는 오지 않았다
거칠지만 시원한 농부의 갈퀴손은
처음부터 내 것이 아니었다

나무도 아닌 것이 나이테를 더해가고
나이테가 허물 수 없는 옹벽이 되기 전에
지금은 몸의 뿌리를 흔들어
굳어진 검은 흙을 털어내야 할 시간이다

처음 가는 길

처음 가는 길
가야만 할 길은
어느새 뿔뿔이 흩어지고
길 밖의 길과 길 안의 길이
제 몸의 윤곽을 보여주지 않는다

그러나 길이 있다는 것은
앞서 누군가가 거친 잡목 헤치고
모난 돌 고르며 걸었다는 것

처음 걸은 자의 용기가
심장의 혈류를 타고 내려와
발목을 지나고 발바닥에 닿을 때
길 밖의 길 하나 만들어지고

그의 유연한 발목 근육과
상처로 굳은 발바닥으로

길 안의 길 하나 다져졌다고

키를 낮추고 있는 여러해살이 풀의
작은 꽃눈과 해묵은 뿌리가 말해준다

별똥별, 떠돌던 사랑에게

어느덧
마을과 하늘을 구별하던 능선의 윤곽은
서서히 경계를 풀고 사라진다
지상에 부려두었던 모든 빛을 거두어들인 시간에
대지의 빛을 삼킬수록
우주의 빛은 확연해지고
겨울의 붙박이별들이
지구의 축에 어처구니를 꽂고
거대한 운명의 판을 돌리기 시작한다

오리온자리 황소자리 쌍둥이자리가
무한한 어둠 속에서 길라잡이가 되고
별똥별이 그 어둠의 옷고름을 풀어 내린다
눈부신 사랑을 염원하며 첫 마음을 여는
연인들의 몸에 박하 향기가 퍼져온다

한 발의 불화살로 적요한 공간을 질주하다가
몸 부수어 자유낙하하는 것들이

떠돌던 사랑의 중심에

타닥

하고 박힌다

흙의 언어

너른 들판에 나가 엎드려보면
키 낮은 관목들의 웅성거림이 들려온다
부드럽고 엷은 잎에서 올곧게 내려가
땅에 부딪쳐 반향을 울리고
흙빛의 파장이 되어
공중을 향하는 언어가 들려온다
땅에 가까운 만큼
흙냄새를 머금은 언어가 달려온다

지상에 가까이 살아가는 사람들에게선
훈훈한 습기를 머금은 흙냄새가 풍겨온다
그들은
흙의 언어로 사고하며
흙의 언어로 옷을 지어 입으며
흙의 언어로 빚은 질박한 그릇을
하나씩 지니고 기쁘게 살아간다

제4부

꽃 심

얼어붙은 발로 긴 시간을 지켜온
보리밭 언덕 아래로
유채꽃밭이 섬처럼 떠 있습니다

유채색을 띤 안개는
갓 떠낸 우물물에 풀어낸 수채붓 끝에서
점점이 뿌려지는 해맑은 물감처럼
천천히 들판 위로 차오릅니다

보리밭 사이를 파동 치며
찬기를 걸러내고 다가온 봄바람은
유채꽃을 연한 추억빛으로 틔워 올립니다

보리밭 한 번 물결칠 때마다
접혔던 기억의 갈피 한 겹 펴지고
유채꽃 한 잎 열릴 때마다
잊었던 마음의 골목에 등 하나씩 켜지는
그런 시간으로 건너갑니다

작고도 장한

망초가 되지 못한 개망초
건조한 들판에만 핀다지
과거가 되었어야 할 꽃 매달고
다음 해 새 꽃을 피울 때까지
어제와 내일을 견주고 있다지

한겨울 서리 내린 들판이
은빛 몸 뒤척이며 시려할 때도
기침 한 번 안 내고
숨죽이며 견디고 있다지
제 몸 속에 남은 수분
끝끝내 아끼고 아껴서
하얗게 부르튼 입술만 축이면서
봄을 부른다지

도시의 바람에 메말라가는 우리들은
매몰자들이 고인 빗물에 의지해
죽은 듯 목숨 이어내듯이

내일까지 어제의 생 지킬 수 있을까

작고도 장한 개망초처럼

온몸의 풍경

저무는 자연의 시간이
가지에 걸린 세 계절을
서서히 털어내고 나면
나무는 하늘을 향해
갈래진 길을 내기 시작하고
커다란 마침표 같은 새 둥지를
하나둘 드러낸다

새가 새를 낳고
삶이 삶을 낳고 또 낳은
새가 새를 기르고
삶이 삶을 기르고 또 기른
그 무게를 고스란히 안고
거대한 자연의 책 속에
온몸으로 눌러 찍은 점
시작과 끝이 하나로 맞물린 점

하늘을 품고 열려 있는

그 우묵한 역사의 공간

할미새와 어미새들의

길고 긴 삶의 행로가 담긴

새 둥지가 있는 겨울 풍경

겨울로 가는 나무

철새들이 차가운 몸으로 옮겨오는 바람이
점점 가까워지는 것을 느끼면
나무는 겨울을 견딜 두터운 막을 만들어낸다

나무는 그 바람이 도달하기 전에
서둘러 연륜을 새기는 중이다

겉으로는 두터운 껍질을 둘러쓰고
안으로는 또 하나의 삶을 기록하는 중이다

반짝이던 삶은 나이테 속에서 더욱 빛나고
내 안을 휘돌던 바람은 안온하게 자리잡는다

하나가 사라지는 것은 다른 하나를 만들어내는 것
나무는 가을을 벗어내도 상실하는 것이 없다

단풍이 내리면 토양이 풍요로워지고
눈이 내리면 풍경이 넉넉해지듯이

겨울로 가는 나무는

빈 가지로 너울거려도

목하

지난 삶을 농축 중이다, 발효 중이다

습격

삼나무에 내리는 눈
가지가 뻗은 각도를 따라
눈을 날카롭게 받아안는 소리가
사르락 사르락
숲 밖으로 파동 쳐 나갔다가
메아리로 되돌아오는 아침

폭설 속에서
지나온 삶의 편린들처럼
무거웠지만 견딜 만하다면서
눈 시리게 흰빛을 내는
겨울 간이역사의 아침

"70년 만의 폭설과 폭풍우"
가판대에 놓인 신문들
삼차원 세상을 납작하게
평면에 눌러 담은 신문들
오늘의 세상은 선로 위를

잘 달리는 중일까

길 끝 모르는 레일을 지우고
방향 잃은 표지판을 지우고
시간을 덮고
삶을 덮고
죽음조차 덮는
눈, 눈, 눈의 습격

바다가 산라지다

바다가 썰물에 키를 낮추면
넓이를 가늠할 수 없던 기다림들이
수학 공식처럼 반듯이 갈라지는 바닷길
쉽게 흔적 지워지는 물길 대신
방금 그린 지도 같은 바닷길을 걷는다

바닷속에서 별자리 만들어
빛 밝히던 불가사리들이
태양을 겸허히 받아들이고
처음 본 바다 밑 세상에
낯가리듯 머뭇대던 어린 갈매기들이
섬을 향해 작지만 첫 발자국을 찍을 때

겨울 바위의 얼굴을 하고
칼바람 추위 속에 굴 캐는 노인들은
한 생애를 셀 수 없이 찾아왔다가
미처 빠져나가지 못한
몸 안의 밀물과 뭍에서의 신산한 삶을

하나씩 꺼내어 갯바위에 널어놓는다

겨울, 무창포 바닷길로 걸어 들어간 나는
알알이 속살로만 염장해둔
굴 껍데기 안의 꿈들을 건져 올리며
어린 발자국을 따라 섬으로 향한다

조용히

함박눈 오자
능선 위로 날개를 박차던 새들이
제 몸빛을 흰 눈에 나누어주고

삼나무는 수직과 사선의 꽃을
플라타너스 열매는 큰 원형의 꽃을
망초는 마른 꽃자리 위에 깨알 꽃을
동백은 붉어지는 봉오리가
터져나올 듯한 흰 꽃을
눈 밭에 쉬고 있는 포크레인은
갈래진 손에 벙어리장갑을 끼운 듯
둥글게 포개진 겹꽃을
문명까지 추월하려던 자동차는
눈길에 브레이크 걸며
두툼하고 기다란 통꽃을 피워내고 있다

함박눈은
나와 너의 경계를 지우고

문명과 자연의 거리를 지우고

일체의 덩어리 풍경으로

조용히 모든 바깥을 장악한다

타자가 아니다

눈이 오면 바다는
푸르던 제 빛을 끌어내리고
흰 물결을 풀어올린다

눈은
수면 위에 떠 있는 순간
적막한 은조각으로 흔들리다
몇 가닥 흐린 바람에 떠밀려
살아온 짧은 생애를 용해시킨다

바다에 내리는 눈은
큰 몸에 작은 몸을 포개 넣는 일
바다와 눈은
더 이상 타자가 아니다

물음표의 물구나무

마을 안은 모처럼
향기에 잘 절여져 있다

여름 끝자락에 붉은 고추 널어 말리느라
매콤하게 버무려졌던 마을이 다시 소란스럽다

마을이 시작될 때부터 줄줄이 태어난 궁금증들이
단감의 몸을 차례로 세우며 햇빛을 잡아당긴다

낙하의 법칙에 굴하지 않고 외줄타기 곡예를 펼치며
같은 기원을 가진 물음표들이 즐겁게 물구나무를 선다

마른 바람이 단풍잎을 치고 다가오면 곶감들은
몸무게를 한 차례씩 줄이면서 꽝꽝 겨울을 기다린다

곶감은 조글조글해지는 물음표를 누르며
달콤하게 가을을 봉인한다

바람 부는 날

바람 부는 날
산맥의 정상을 향해 기차가 오르는데
오랫동안 뒤를 따라오던 편평한 풍경이
절벽으로 일어선다
침엽수림은 거칠게 붓질을 시작하고
마음 언저리에서 머뭇거리던
그리움의 물방울이 터져버린다

겨울 하늘을 까맣게 습격하는
철새의 군무
질서로 위장한 혼돈
끝나지 않을 것처럼
먹물처럼 번지는 이미지
그리움에 형상이 있다면 이런 것일까

그리움에 더 이상 나아갈 수 없는 종착역이 있다면
그리움이 사계절에 순응하여 낙엽질 수 있다면
그리움의 추위를 떨쳐낼 수 있는 속도가 있다면

타닥, 탁 탁

이슬은,
어둠의 한 치 뒤까지 밝히는
풀벌레의 맑은 눈망울과
숲 속의 정적을 일정하게 흔드는
풀벌레의 울음주머니로
맑은 세상을 잉태하였네

이슬은,
화석이라도 되려는 듯 매달린
쥐똥나무 열매의 의지와
반딧불이의 여린 빛을 모아
달맞이꽃으로 피어나려는 소망으로
제 몸을 단단히 부풀렸네

이슬은,
새벽 범종에서 태어난
풍부한 음파를 따라
새벽 안개를 밀치고 헤치고
제 몸 굴리며 산 아래로 향하네
타닥, 탁 탁
꽃망울 터뜨리며 세상 속으로 잠입하네

씨앗의 길

서랍 속에서 연꽃 씨앗들이 굴러다닙니다
정리하지 못한 영수증과 지난해 수첩 사이에서
살그랑대던 사물이 바로 이 씨앗인 것이지요
아니, 사물이 아니라 생명이지요
살아 있는 생명이 죽은 사물들 속에
말없이 거주하고 있었던 것입니다

미안한 마음에 의식을 준비하듯
조심스럽게 손안에 들어봅니다
씨앗은 가볍고도 부드러운데
한편 매우 견고합니다
이 안에서 아름다움과 순결함이라는
개념이 첫길을 떠날 테지요

씨앗들끼리 맑게 부딪는 소리는
하늘을 깨워 빛을 불러오고
지상을 깨워 바람을 불러오겠지요
진흙 속에 움을 틔우고
또 한 생 흐드러지게 부릴
첫 몸을 얻을 테지요

저녁 산

일몰의 그림자를 따라서
낮고 길게 펼쳐진 산은
묵묵히 하늘을 받치느라
고단했던 몸을 눕힌다
소리 없이 덮여오는 어둠과 적막을 겹쳐 입고
몸 안 가득 휘돌던 겨울바람을 잠재우느라
한 번 더 고쳐 눕는다

크고 검은 귀를 가진 저녁 산은
낮의 이야기를 조용히 듣고 있다
신산했던 이야기를
아름다웠던 이야기를
믿을 수 없는 이야기를
이야기를 딛고 일어서는
우리들의 모든 눈물을
말없이 받아주는 중이다

꽃이 지면 꽃향기는 어디로 가나

어느새 아카시아 꽃이
모두 지상으로 내려온 날
넘쳐흐르는 향기를 향유하며
'사랑한다'
'사랑하지 않는다'
웅얼거리다
꽃이 지면
꽃향기는 어디로 가나
문득 궁금해진다

너의 흰 육체는
내 손등에
얼굴에
몸에
세상의 모든 것 위에 놓여 있는데
너의 향기는 곧 사라질 것이다
육체를 지상 위에서 소진한 너는
도대체 어디로 가는가

낡은 벤치를 어루만지고 간

바람결에 얹혀서 다른 계절로 가는가

꽃을 스쳐 날아간 어린 새의

작은 깃 속에 묻어서 새와 함께 커가는가

새벽 나무에 기대어 운동하던

노인의 가쁜 숨 속으로 들어가는가

떨어진 꽃잎을 온몸으로 받아안고 있는

바위 속 정적에 머무는가

너도 나도

밤꽃 향기가
풍성한 밀도로 달려드는 여름날
네 밤꽃 피우는 소리가
자박자박 발자국처럼 내 밤으로 다가온다

네 밤이 몸을 부풀리고
네 밤이 영글고
네 밤이 가시를 돋우고
네 밤이 몸을 터뜨리고

드디어
네 밤이 내 밤으로 찾아온다
문자가 전송되는 듯
너도 밤나무,
나도 밤나무 된다

기원의 상상력, 심미적 삶의 충동

이 찬

"세속의 장엄함" : 페르소나와 실재의 윤리학

조계숙의 시집 『나는 소금쟁이다』는 생의 매 순간마다 우리 몸에 들러붙는 각양각색의 페르소나(persona)들을 발가벗겨 드러내려는 열망으로 빼곡하게 에둘러져 있다. 이는 우리 모두를 그럴싸한 낯빛으로 치장하도록 강제하는 상징적 질서의 가공할 위력을 반증하는 것일뿐더러 의미들 속의 무의미이자 공백으로서의 진리, 그 헛되고 헛된 생의 바탕을 회피하지 않고 정면으로 응시하려는 시인의 충실성의 벡터를 암시한다. "지상의 삶을 잃어버린 내 안의 나와 싸워야 할 테니, 내 안의 너와 싸워야 할 테니"(「사막에서 사막으로」), "마리오네트의 줄에 인생을 저당하고 9시 정각의 거대한 무대로 딱딱한 걸음을 옮기네. 도시 생활 백

서. 웰메이드 드라마?"(「웰메이드 드라마」), "잠시 눈 깜박이면 과거는 금세 몸피를 불리는데, 우리는 거인이 된 적과 동침하며 지붕 위로 배달되는 아침 신문을 잊고 지내네"(「파이터의 포즈」) 같은 이미지들이 표상하는 것처럼, 시인은 현대 도시인들의 삶에 깃든 안락과 풍요와 편리의 충동과 더불어 이를 실현하기 위하여 기꺼이 뒤집어쓸 수밖에 없을 무수한 가면들과 미장센(mise-en-scène)의 효과들을 거죽 위로 끌어올리고자 한다.

> 물속의 몸은 부력을 받아 가벼워진다지요. 가장 사소하면서도 가장 무거웠던 지상의 일들은 과연 내 어깨를 떠나갔을까요. 내 몸을 갯바위 삼아 고집스럽게 동서하던 따개비들도 부력을 받을까요. 사람들이 사는 방식은 쉽게 변하지 않는가 봐요. 이것을 세속의 장엄함이라고 부르면 위안이 될까요. 글쎄요. 물속에 있는데 왜 나는 여전히 목이 마를까요.
>
> ― 「뫼비우스」 부분

> 나의 휴지통은 아직 비우기가 실행되지 않았네. 전쟁터에서 송환되지 못한 사람들, 공소시효가 지난 살인의 추억들, 자기 무덤을 봉인하지 못한 유령들이, 그곳에서 킬킬거리며 역사책을 읽거나 다시 쓰네.
>
> ― 「분실물 보관소」 부분

「뫼비우스」에 나타난 "사람들이 사는 방식은 쉽게 변하지 않는가 봐요"라는 문장을 보라. 그 뒤를 잇는 "이것을 세속의 장엄함이라고 부르면 위안이 될까요"라는 구절에 깃든 절망의 리듬

감을 함께 느껴보라. 그러나 다시 솟구쳐 오를 수밖에 없을 "물 속에 있는데 왜 나는 여전히 목이 마를까요"라는 갈망의 언어들을 다시 눈여겨보라. 그렇다. 저 이미지들의 지력선은 시인의 마음 밑바닥에 둔중하게 가라앉아 있었을 현대 도시인들의 일상 세계에 대한 비판적 시선과 거리감을 축약한다. 또한 "세속의 장엄함"이라는 빼어난 시구에 격렬하게 응집된 것처럼, 그 누구도 어찌할 수 없는 일상적 삶의 중력과 무게를 표상한다. 그럼에도 또한 "왜 나는 여전히 목이 마를까요"라는 끝자리의 문양은, 더 나은 삶과 인격적 완성을 향한 시인의 근원적 갈망이 결코 사그라질 수 없는 것임을 반증한다.

시인은 제 자신이 자명한 의식의 무대 바깥쪽으로 추방해버린 미지의 영역들을 가시적인 차원으로 끌어올려 정면으로 응시하려는 의지를 제 가슴팍 깊숙이 벼려두고 있는 것이 틀림없다. 「분실물 보관소」에서 돋을새김의 필체로 그려진 "전쟁터에서 송환되지 못한 사람들, 공소시효가 지난 살인의 추억들, 자기 무덤을 봉인하지 못한 유령들"은 우리들 의식의 보이지 않는 뒷면에서 팽팽하게 살아 꿈틀거리는 수많은 것들에 대한 메타포를 구성한다. 정신분석에서 흔히 실재라는 말로 통용되어온 타자성의 무대, 저 미지의 세계는 명징한 의식이나 언어로 표상될 수 없는 것일뿐더러 정언명법으로 가지런하게 규정된 논리 체계를 벗어날 수밖에 없는 것이자, 일사불란한 의미화가 애초부터 불가능한 것이기 때문이다. 또한 일상의 안정화된 질서와 패턴과 통념들 내부에 이미 도사리고 있었던 정신적 외상의 중핵이자 느닷없이 밀려닥치는 무의미의 아가리와 같은 것이기 때문이다. 따라서 "나의 휴지통은 아직 비우기가 실행되지 않았네"라는 선언조의 말은 저 두렵고 잔혹한 실재의 세계에 대한 충실한 싸움의 내력을 휘감고 있는 것이며, "그곳에서 킬킬거리며 역사책을 읽거나 다시 쓰네"라는 편린은 그것과 정면으로 마주치려는 시인의 윤리학적 투쟁이 이후로도 지속적으로 수행될 수밖에 없다는 사실을 넌지시 일러준다.

"자연의 책": 기원적 시공간과 원초적 에크리튀르

수직으로 붙잡힌 시간의 파편이 튄다
피켈과 아이젠으로
빙벽을 딛고 찍으며 오르는
가슴속으로 파편이 파고든다

새 삶을 얻고 절벽을 뛰어내리던 치어 떼
알을 가득 품고 절벽을 오르던 어미 연어 떼
그들이 교차하며 지나긴 비릿함이
빙벽에 밀착한 배 앞으로 훅 하고 끼친다

홍수에 무너져 떠내려온 가축 떼
너절하게 찢어져 나간 우리네 삶의 때
함께 떠돌며 내장되었던 아우성이
이명처럼 휘몰아친다

어제의 삶과 그저께의 삶이

밀랍의 봉인을 뜯고
겹겹의 옷을 벗듯이 부서져 내린다
기어이 속내의 이야기를
아래로 아래로 풀어 내린다

—「수직의 시간」전문

「수직의 시간」은 그 표제에서 알아챌 수 있듯, 지금—여기 현대적 일상 세계를 규정하는 여러 운명적 조건들과 인연의 선들과 시간의 자취들을 그 원초적 터전인 기원적 시공간에까지 소급하여 탐색해보려는 사유의 의지를 품는다. "피켈과 아이젠으로/빙벽을 딛고 찍으며 오르는/가슴속으로 파편이 파고든다"는 차갑고 단단한 금속성의 이미지는, 저 의지에 깃든 첨예한 밀도와 깊이를 제 뒷면에서 뿜어낸다. 이렇듯 기원적 시공간에 대한 추적의 모티프들이 시집 마디마디의 구석진 모서리들에서 피어오르는 까닭은 고정화된 삶의 패턴과 관성에서 훌쩍 날아오르고 싶은 시인의 간절한 바람에서 오는 것인지도 모른다. 아니, 현재적 시간에서 겪어내고 있는 삶의 여러 난맥상들에 휘둘려 초라해지거나 비루해지지 않으려는 그의 순정한 마음결에서 온다. 곧 지금 당장의 이해관계에 얽매여 비속한 것들에 몸담기보다는 좀더 고결한 차원에서 그것들과 싸워 이겨내려는 내면적 투쟁으로부터 빚어진다. "어제의 삶과 그저께의 삶이/밀랍의 봉인을 뜯고/겹겹의 옷을 벗듯이 부서져 내린다/기어이 속내의 이야기를/아래로 아래로 풀어 내린다"라는 끄트머리의 문양처럼, 나날의 삶에서 우리가 지긋지긋하게 치러내고 있는 불행과 고통이란 보다 원초적이고 광활한 "수직의 시간", 곧 기원적 시공간이라는 근원적인 차원에서 바라본다면 그리 대단한 것일 수 없기 때문이다.

이렇듯 기원적 시공간에 대한 시인의 사유는 "빛망울 같은 두 눈에/재빠르게 담아내는 삶의 영상들/시간을 잠시 뒤흔들며/제 몸을 시위 삼는 빛화살들"(「아름다운 속도」) 같은 광대무변한 우주적 상상력으로 나타나기도 하지만, "천년 밀실의 음습한 공기가/선고도 없이 천년의 사슬을 끊고/거리로 풀려 나온다"(「겨울 거울」)는 현대 도시의 낯익은 풍속화를 일그러뜨리면서 틈입해 들어오는 "불확실한 이물감"으로 작품 한복판에 예리하게 들어박힌다. 그러나 또한, "익숙하고 낯설고 두려운/이 거리는 온통/부정할 수 없는 나의 집이다"(「개와 늑대의 시간」)라는 이미지가 적시하듯, 조계숙의 기원적 상상력은 우리 현대 도시인들의 삶을 송두리째 부정해버리는 고압적인 이념이나 달콤한 환상으로 도피하려는 방편으로 기능하지 않는다. 그것은 오히려 "무규칙의 소음이 가득 찼던 거리/탄식과 헛웃음이 길바닥에 깔리고/습관이 되어버린 게으름이/돌부리에 차이던 거리에/느닷없이 합주단이 등장한다"(「습관의 거리」)라는 구절에 나타난 것처럼, 매일매일 똑같이 반복되는 일과로 이루어진 현대 도시의 지루하고 권태로운 풍경들에서 이상한 분위기와 심미적 질감이 스며나도록 뒤바꿔놓는 낯설게 하기(defamilarization)의 유려한 미학적 효과를 낳는다.

인간의 시선 밖으로 탈주한 곳에서
비로소 만날 수 있는 균형질의 공간
신산한 지상의 궤도를 벗어나는
묘법이 적혀 있는 곳
사건의 지평선 안으로 발끝을 밀어 넣으면
빠져나오지 못할 것만 같은 곳
한평생 속을 탈탈 뒤집어보면서
거기도 여기와 다르지 않아
라는 막다른 골목에서 기꺼이 싸워보고 싶은
그곳, 블랙홀

—「블랙홀」 부분

새가 새를 낳고
삶이 삶을 낳고 또 낳은
새가 새를 기르고
삶이 삶을 기르고 또 기른
그 무게를 고스란히 안고
거대한 자연의 책 속에
온몸으로 눌러 찍은 점
시작과 끝이 하나로 맞물린 점

—「온몸의 풍경」 부분

씨앗들끼리 맑게 부딪는 소리는
하늘을 깨워 빛을 불러오고
지상을 깨워 바람을 불러오겠지요
진흙 속에 움을 틔우고

또 한 생 흐드러지게 부릴

　　첫 몸을 얻을 테지요

　　　　　　　　　　　　　　　— 「씨앗의 길」 부분

　시집 곳곳에서 추려낸 인용구들에는 조계숙의 예술적 사유의
고유성을 생성시키는 기원적 상상력의 정수가 아로새겨져 있
다. 또한 "블랙홀" "거대한 자연의 책" "씨앗의 길" 같은 이미지
에 집약되어 있듯, '원초적 에크리튀르(archi-écriture)'로 수렴될
수 있을 철학적 사유의 진폭이 주름져있다. 데리다는 모든 종류
의 언어 안에 이미 기입되어 있는 어떤 문자적 표기, 곧 '모든
언어의 가능 조건으로 그 언어 안에 작동하는 표기의 궤적'을
'원초적 에크리튀르'라고 불렀다(『그라마톨로지』). 또한 그것은
'모든 나타남의 최초 조건'인 동시에 세계의 삼라만상에서 일어
나는 모든 '시공간적 분기의 운동'을 표현하기 위한 말이기도
하다.

　"인간의 시선 밖으로 탈주한 곳" "신산한 지상의 궤도를 벗어
나는 묘법이 적혀 있는 곳" "거대한 자연의 책" "시작과 끝이 하
나로 맞물린 점" "하늘을 깨워 빛을 불러오고/지상을 깨워 바람
을 불러오겠지요" "또 한 생 흐드러지게 부릴 첫 몸" 같은 편린
들은, 우리들의 좁디좁은 현대적 일상 세계와 그 사소사에 얽힌
희로애락과 우여곡절에서 멀찌감치 벗어나 있다. 그것은 제 생
의 "시작과 끝"을 보다 투명하고 객관적인 시선에서 바라보려
는, 아니 보다 아름답고 고귀한 것으로 치켜세우려는 시인의 간

절한 마음결에서 온다. '원초적 에크리튀르'라는 사건의 기원적 운동과 그 흔적에서 바라본다면, 우리들이 매일매일 체험하는 부와 권력과 애욕과 명예를 향한 탐욕이란 제 영혼의 타락을 무릅쓰고라도 반드시 거머쥐어야 할 엄청난 그 무엇일 수 없기 때문이다.

따라서 시인이 "눈부신 사랑"의 탄생 순간마저도 "오리온자리, 황소자리, 쌍둥이자리"라는 점성술의 운명론적 이미지로 소묘한 것은 무척이나 자연스런 사유의 지력선이자 이미지의 형세를 그린다. 이 별자리의 편린들은 결국 "겨울의 붙박이별들이/지구의 축에 어처구니를 꽂고/거대한 운명의 판을 돌리기 시작한다"라는 다른 구절이 표상하는 것처럼, 시인의 가슴 뒤켠에 숨겨진 운명론적 사유를 소리 없이 뿜어내기 때문이다. "한 발의 불화살로 적요한 공간을 질주하다가/몸 부수어 자유낙하하는 것들이/떠돌던 사랑의 중심에/타닥/하고 박힌다" 같은 아래 시편의 마지막 문양들이 훨씬 더 선명하게 나타내주는 것처럼.

어느덧
마을과 하늘을 구별하던 능선의 윤곽은
서서히 경계를 풀고 사라진다
지상에 부려두었던 모든 빛을 거두어들인 시간에
대지의 빛을 삼킬수록
우주의 빛은 확연해지고
겨울의 붙박이별들이
지구의 축에 어처구니를 꽂고

거대한 운명의 편을 돌리기 시작한다

오리온자리 황소자리 쌍둥이자리가
무한한 어둠 속에서 길라잡이가 되고
별똥별이 그 어둠의 옷고름을 풀어 내린다
눈부신 사랑을 염원하며 첫 마음을 여는
연인들의 몸에 박하 향기가 퍼져온다

한 발의 불화살로 적요한 공간을 질주하다가
몸 부수어 자유낙하하는 것들이
떠돌던 사랑의 중심에
타닥
하고 박힌다

　　　　　　　　　 ─「별똥별, 떠돌던 사랑에게」 전문

"흙의 언어": 심미적 삶의 충동과 교양의 이념

　이제까지 우리가 이야기해온 기원의 상상력과 원초적 에크
리튀르라는 조계숙의 철학적 사유는 "신산한 지상의 궤도를 벗
어나는 묘법", 곧 반복적 일상의 헛되고 헛됨을 박차고 날아올
라 좀더 고양된 삶의 차원, 또 다른 미래의 비전을 일구어내고
픈 그의 내밀한 욕구로부터 온다. 이는 시인 스스로도 어찌할
수 없는 타고난 정신적 기질에서 비롯되는 것이 틀림없다. "낙
엽 한 장 한 장에/젖고 찢어진 삶을 조문하는/한숨 실어 보내며/
바위는/물살에 떠밀리는 삶이/되고 싶지 않다"(「바위」), "정제된

언어만을 잘 눌러놓았을 듯한/단호하고 단단한 세계/지 돌의 중심……/평심(平心)에 거주하고 싶다"(「묵언 수행」), "막막한 어둠을 눈높이만큼 밀어올려야 할 때다/몸 안의 촉수에 불을 켜야 할 때다"(「밤, 길 찾기」) 같은 문양들에 도드라지게 솟아나 있듯, 시인은 "물살"로 비유된 세속의 갖가지 얼룩들을 닦고 씻고 벼려내어 마치 "정제된 언어"와도 같은 "단호하고 단단한 세계"를 일구어내려 하기 때문이다. 나아가 제 삶의 "어둠"을 "밀어올려" 제 "몸 안의 촉수에 불을 켤" 수 있는 심미적 사색과 통찰로 충만한 세계, 그 웅숭깊은 교양의 세계에 살고자 하기 때문이다.

> 시는
> 신발 뒤축에서 피어나는
> 고운 입자를 시간으로 반죽하여
> 발바닥이 밟는 힘에 따라
> 진흙의 몸을 바꾸는 비밀의 형식
> 메마르고 딱딱해진 영혼에
> 습기와 탄력을 주는 흙길
>
> —「시」 부분

인용 시편은 시의 존재론적 기능과 가치를 제재로 삼은 일종의 메타시이다. 시인의 말처럼, "시"란 "발바닥이 밟는 힘에 따라/진흙의 몸을 바꾸는 비밀의 형식"이자 "메마르고 딱딱해진 영혼에/습기와 탄력을 주는 흙길" 같은 것인지도 모른다. 이러한

시적 사유에는 시가 찢기고 멍든 사람들의 영혼을 정화해줄뿐더러 우리 삶의 방향을 한층 더 신성한 차원으로 인도할 것이라는 심미적 초월성에 대한 확신 같은 것이 스며 있다. 또한 "시는/신발 뒤축에서 피어나는/고운 입자를 시간으로 반죽하여"라는 편린에 나타난 것처럼, "시"가 도래시키는 심미적 사유의 계기들이 보다 넓고 긴 안목에서 과거의 시간들을 성찰하도록 이끈다는 인식이 숨어 있다. "어제 시위를 떠났지만/오늘을 통과하지 못하고/내일로 넘어가는 경계에 서서/과녁의 중심을 투시하는 화살"이라는 역동적 흐름의 시간성을 일순간 멈춰버린 정지 장면의 한 컷이 적확하게 나타내듯, "시"라는 글쓰기 양식은 과거와 미래라는 상이한 시간성의 압력이 바로 지금-여기로 한데 뒤얽혀 들어오는 자리에서 태어난다. 따라서 "시"는 "깊은 혼돈의 강으로 역류하는 내일"을 미리 보고 알아챌 수 있는 예지의 거울일 수밖에 없다. 적어도 시인 조계숙에게 "시"란 과거와 미래라는 상이한 시간들에 주름진 무수한 마음의 벡터들을 한자리로 불러들이는, 그리하여 이미 지나가버린 것들과 아직 오지 않은 것들 사이에서 움터나는 "깊은 혼돈의 강"일 수밖에 없기 때문이다.

> 아무리 잊으려 해야 잊을 수 없는
> 배반의 핏빛이 피어나는 함초 밭에
> 얼마나 많은 환유의 언어를
> 칭칭 동여맸는지
>
> 또 얼마나 많은 눈물을

진화하지 않는 원시의 햇볕에 널어야
이같이 풍요보운 폐허로
오롯이 귀환할 수 있는지

—「풍요로운 폐허」 부분

지상에 가까이 살아가는 사람들에게선
훈훈한 습기를 머금은 흙냄새가 풍겨온다
그들은
흙의 언어로 사고하며
흙의 언어로 옷을 지어 입으며
흙의 언어로 빚은 질박한 그릇을
하나씩 지니고 기쁘게 살아간다

—「흙의 언어」 부분

여러 겹으로 밑줄 친 길 위에
자리 한 번 바꾸지 않고 놓여 있는
조약돌이 발끝에 차인다
수많은 이야기의 실핏줄이
환히 비치는 그 속으로
마음을 끌어당기는
또 다른 이야기의 혈류가
읽히고 읽힌다

—「오래된 독서」 부분

인용 시편들은 자연–사물의 오랜 풍화작용에 빗대어 시인 자신의 실존적 성숙 과정과 더불어 시 쓰기의 발효 과정을 함께 덧붙여 표현하고 있다. 이 시편들이 시 쓰기의 과정과 기능과 가치를 문제 삼는 시, 곧 메타시의 풍모를 품게 되는 까닭 역시 세월의 흐름과 경과를 통해서만 빚어질 수 있을 시 정신의 원숙한 감수성과 예술적 견고함을 자연-사물의 오랜 시간적 내력, 곧 자연의 연금술에 잇대어놓는 자리에서 온다. "아무리 잊으려 해야 잊을 수 없는" "얼마나 많은 눈물을/진화하지 않는 원시의 햇볕에 널어야" "여러 겹으로 밑줄 친 길 위에/자리 한 번 바꾸지 않고 놓여 있는/조약돌이 발끝에 차인다" 같은 구절들이 저 오랜 시간의 풍화를 나타내고 있는 것이라면, "얼마나 많은 환유의 언어를 칭칭 동여맸는지" "흙의 언어로 사고하며/흙의 언어로 옷을 지어 입으며/흙의 언어로 빚은 질박한 그릇" "마음을 끌어당기는/또 다른 이야기의 혈류가/읽히고 읽힌다"는 "언어"와 "이야기"의 편린들은 사람들의 마음에서 시 정신이 발아되고 실제 시 작품으로 탄생하는 과정을 생생하게 표현한다.

조계숙은 자신의 시 쓰기를 제 영혼의 심부에서 튕겨 오르는 개인적 고유성의 산물이기보다는 모든 음성과 음성언어, 나아가 모든 종류의 언어 내부에 이미 기입되어 있는 어떤 문자적 표기, 곧 원초적 에크리튀르에서 비롯한다고 느끼고 있는 것 같다. 이는 시인이 세계 삼라만상에서 일어나는 시공간적 분기의 운동, 곧 모든 사물과 생명이 태어나고 죽고 변해가는 그 사건적 표기와 흔적들을 마치 "자연의 책"이라는 원초적 에크리튀르가 써내려가는 것처럼 그려낸 장면에서 가장 명징하게 드러난다. 결국 "자연의 책"이라는 시어는 원초적 에크리튀르의 다른 표현일 수밖에 없기 때문이다. 이는 또한 시인이 자신의 시쓰기를 내밀한 개성의 산물이기보다는 원초적 에크리튀르에서 뿜어져 니온 깃으로 본다는 사실을 암시한다. 이 시집의 곳곳의 마디마디에는 시인 자신의 "시"를 비롯한 글쓰기 작업을 세계 스스로가 펼쳐내는 '시공간적 분기의 운동'을 옮겨 적는 것처럼 소묘한 문양들이 산포되어 있기 때문이다. 아니, "시"를 원초적 에크리튀르의 영매(靈媒)이자 신탁(神託)의 표기에 가까운 이미지로 그려낸 장면들이 흩뿌려져 있기 때문이다.

> 깊게 어두워진 공간이
> 추론의 시간으로 서성거릴 때
> 대나무 숲은
> 채워 넣고 또 넣고
> 태우고 또 태워도
> 변하지 않는 대나무 소금이 된다
> 아홉 번이나 몸을 일구는
> 재생의 순간을 맞이한다
>
> ─「아홉 번이나」 부분

> 겉으로는 두터운 껍질을 둘러쓰고
> 안으로는 또 하나의 삶을 기록하는 중이다
>
> 반짝이던 삶은 나이테 속에서 더욱 빛나고
> 내 안을 휘돌던 바람은 안온하게 자리잡는다
>
> 하나가 사라지는 것은 다른 하나를 만들어내는 것
> 나무는 가을을 벗어내도 상실하는 것이 없다

단풍이 내리면 土壤이 풍요로워지고
눈이 내리면 풍경이 넉넉해지듯이

겨울로 가는 나무는
빈 가지로 너울거려도
목하
지난 삶을 농축 중이다, 발효 중이다

　　　　　　　　　　—「겨울로 가는 나무」 부분

이슬은
새벽 범종에서 태어난
풍부한 음파를 따라
새벽 안개를 밀치고 헤치고
제 몸 굴리며 산 아래로 향하네
타닥, 탁 탁
꽃망울 터뜨리며 세상 속으로 잠입하네

　　　　　　　　　　　—「타닥, 탁 탁」 부분

　“깊게 어두워진 공간이/추론의 시간으로 서성거릴 때”란 실
상 시인 제 자신의 시가 탄생하는 순간을 일컫는다. 또한 “겨울
로 가는 나무”는 시인 자신의 삶에 대한 은유의 편린이며, “목
하/지난 삶을 농축 중”이고 “발효 중”인 것은 그의 시 작품일 것
이 틀림없다. 나아가 「타닥, 탁 탁」에 나타난 “이슬”은 시인의
깨끗하고 밀도 높은 시 정신과 예술혼의 정수를 비유한 것으로
읽힌다. 따라서 인용구들에 등장하는 “대나무 숲”“나이테”“이
슬” 같은 자연-사물들은 시인의 몸에 간직된 순결한 영혼의 성

채를 드러내기에 더없이 적합한 이미지일 수밖에 없었을 것이나. 시인은 오랜 세월과 시간의 경과를 통해서만 마련될 수 있을 정신적 성숙과 인격의 완성을 깊고 깊게 신뢰하는 사람이 자명하기 때문이다. "하나가 사라지는 것은 다른 하나를 만들어내는 것/나무는 가을을 벗어내도 상실하는 것이 없다"라는 문양이 명징하게 나타내듯, 그는 저 무수한 시간의 내력들이 불러일으키는 삶의 갖가지 상처와 고통과 우여곡절을 결코 두려워 않는 순정하고 위대한 영혼의 상태를 갈구할 뿐만 아니라, 그것이 뿜어내는 진리의 순도를 기를 쓰고 지켜내려는 윤리학적 투사임을 자처하기 때문이다.

아래 새겨진 "크고 검은 귀를 가진 저녁 산"이란 따라서 시인이 꿈꾸고 열망하는 정신적 품격과 인격적 완성의 최대치, 곧 그의 마음속 깊은 곳에 벼려둔 교양의 이념을 비유하는 것이 틀림없어 보인다. 그리하여, 그가 우리들의 삶의 희로애락 속에 담긴 모든 "이야기"를, 아니 "이야기를 딛고 일어서는/우리들의 모든 눈물을/말없이 받아줄" 수 있는 교양의 세계를 살갗의 감각으로 생생하게 현시할 수 있는 "아름다웠던 이야기", 그 시세계를 완성할 수 있기를 소망한다.

> 일몰의 그림자를 따라서
> 낮고 길게 펼쳐진 산은
> 묵묵히 하늘을 받치느라
> 고단했던 몸을 눕힌다
> 소리 없이 덮여오는 어둠과 적막을 겹쳐 입고

몸 안 가득 휘돌던 겨울바람을 잠재우느라
한 번 더 고쳐 눕는다

크고 검은 귀를 가진 저녁 산은
낮의 이야기를 조용히 듣고 있다
신산했던 이야기를
아름다웠던 이야기를
믿을 수 없는 이야기를
이야기를 딛고 일어서는
우리들의 모든 눈물을
말없이 받아주는 중이다

　　　　　　　　　　　—「저녁 산」 전문

　　　　　　　　李 燦 | 문학평론가